www.herder.de

Text: Martin Baltscheit (www.baltscheit.de)
Illustration: Susanne Straßer (www.susannestrasser.de)
Idee und Lektorat: Regina Herr
Gesamtgestaltung: Veronika Preisler, München
Druck: Graspo, Zlín
Gedruckt auf umweltfreundlichem, chlorfrei gebleichtem Papier
Printed in the Czech Republic

ISBN 978-3-451-71632-4

Martin Baltscheit · Susanne Straßer

Wenn Gott ein Kaninchen wäre …

HERDER
FREIBURG · BASEL · WIEN

Wenn Gott ein KANINCHEN wäre,
würden wir an Ostern Weihnachten feiern
und anstelle von gebratener Gans
gibt es kalten Möhrensalat.

Wenn Gott ein Kaninchen wäre,
hätten Engel lange Ohren,
wippeln mit den Nasen,
und der Teufel sieht aus wie ein Fuchs.

Wenn Gott ein Kaninchen wäre,
wäre alles anders.

24

Und was, wenn Gott ein **FISCH** wäre?
Dann wäre Angeln verboten.
Fischstäbchen wären out und Flossen in!
Alle hätten einen Pool und jedes Kind
schwimmt, bevor es laufen kann.

Wäre Gott eine WOLKE,
würden wir nicht schwimmen,
sondern fliegen. Und jeder
Looping wäre ein Gebet.

Bei Regen,
laufen wir hinaus
und singen Halleluja!
Auch ohne Gummistiefel.

Wäre Gott ein WIND,
wären Windräder Kirchen,
und aus dem Föhn im Badezimmer
kommt heiße Liebe.

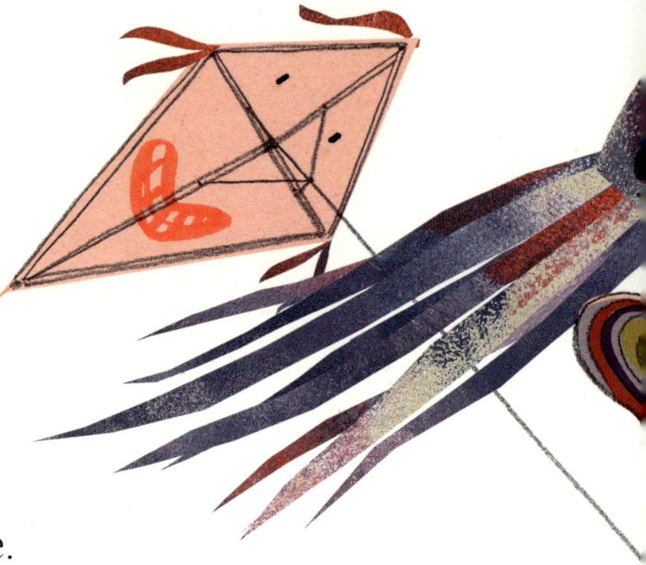

Nur die Fürze kommen aus der Hölle.

Gott könnte auch ein Gewitter sein.
Zornige Blitze treffen Dächer und Turmspitzen,
wilde Stürme fegen Gipfel und Täler durch.
Stinkwütend rumpelt er durch den Himmel
und bringt alles durcheinander!

Hoffentlich nicht meinetwegen.

PFUUUH!

Aber da kommt ja schon der REGENBOGEN.
Wenn Gott ein Regenbogen wäre,
bleiben die schwarzen Socken im Schrank,
und alle Unterhosen gehen zum Zirkus.

Wir schwirren wie Schmetterlinge durch das Leben,
und Friedhöfe sehen aus wie Farbkästen.
Mit fliederlila Haaren reiten wir auf Einhörnern
in den Hippi-Himmel, und der Regenbogengott
lässt Funkenblumen aus den Wolken wachsen.

Gott könnte auch die SONNE sein.
Sommerlicht für alle und heiliges Sonnenöl,
sonst verbrennen wir an Herzenswärme.

Klar, Gott könnte auch der MOND sein,
dann wacht er in der Nacht über uns.
Vielleicht schlafen wir tagsüber und steigen
im Dunkeln wie Maulwürfe aus den Hügeln.
Und wenn er ein Maulwurf wäre?
Dann würden wir Tunnel lieben
und unter die Erde ziehen.

Hoffentlich ist Gott kein Maulwurf,
da unten ist es so dunkel …

Vielleicht ist er auch ein anderes TIER.

Wenn Gott ein Löwe wäre,
hätte der Papst eine Mähne.
Und wäre er ein Huhn, würden
die Nonnen Federn tragen.

9
LEO DEUS

Gott könnte auch ein KUCHEN sein.
Apfelcrumble oder Mangosahneschnitte.
Jeden Tag um 5 gibt es ein kleines Teegebet.
Alle würden Gottkuchen essen,
ein Leben lang von innen leuchten,
und ich hätte keine Angst im Dunkeln mehr.

Ich glaube, Gott kann wirklich alles sein:
Tautropfen, Schneeflocke,
Fabelwesen oder eine Frau!
Eine alte Indianerin,
ein Überall und Jedes,
ein Spiegelbild, ein ...
Kind?

Gott könnte ein KIND sein
und hat sich selbst ein Spiel erfunden.
Es baut Sachen aus Gedanken,
so wie ich.

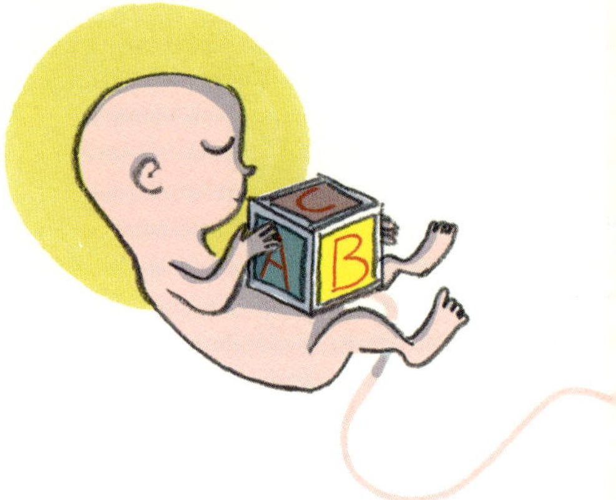

$E=mc^2$

Vielleicht bin ICH ein Gott.

Vielleicht ist JEDER Gott?

Ach, nee ...
ich will gar kein Gott sein,
lieber ein KANINCHEN.

Und morgen ein Schmetterling.